Grimms
Gruselgeschichten

Über das Buch

Die Brüder Jacob Grimm (1785-1863) und Wilhelm Grimm (1786-1859) waren Sprachwissenschaftler und Volkskundler. Bei gemeinsamen Veröffentlichungen, zum Beispiel der ihrer weltbekannten Kinder- und Hausmärchen, nannten sie sich stets die „Brüder Grimm“. Die ersten gemeinsamen Bücher der Brüder, eine Ausgabe des althochdeutschen Hildebrandlieds und des Wessobrunner Gebets sowie der erste Band der Kinder- und Hausmärchen, erschienen 1812.

1815 folgte der zweite Teil der Kinder- und Hausmärchen. Der erste Teil wurde im Jahr 1819 in stark überarbeiteter Form neu aufgelegt. Es wurden neue Märchen hinzugefügt und fast ein Viertel der alten herausgestrichen. Zudem wurden viele der Märchen überarbeitet, um anstößige erotische Anspielungen zu beseitigen.

Dass viele klassische Märchen der Gebrüder Grimm wie Schneewittchen oder Aschenputtel im Original grausamer sind, als sie in modernen Kinderbüchern erzählt werden, ist vielerorts bekannt. Doch die Brüder haben noch weit blutigere Geschichten zu Papier gebracht. Dieses Buch enthält einige der unbekannteren, düsteren und makaberen Märchen aus der Geschichtensammlung der Grimms, die sich die Erwachsenen wahrscheinlich erst dann erzählt haben, wenn die Kinder schon im Bett waren.

Über die Illustratorin

Febe Homrighausen studiert Kommunikationswissenschaften und Niederlandistik in Münster. Geboren ist sie 1995 in Bochum und aufgewachsen in ländlicher Umgebung in Lohne. Sie hegt große Leidenschaft für Musical und Theater, weshalb sie sich unter anderem im Freien Musical-Ensemble Münster engagiert. Sie malt und zeichnet seit ihrer Kindheit und illustrierte bereits verschiedene Cover und Bücher wie das "Basiswissen Psychiatrie/Psychotherapie für Heilpraktiker" von Andreas Seebeck.

Grimms

Gruselgeschichten

illustriert von Febe Homrighausen

LOTUS PRESS

Impressum
Grimms Gruselgeschichten
illustriert von Febe Homrighausen

Satz: Andreas Seebeck

www.lotus-press.com

ISBN 978-3-945430-50-7

Inhalt

Der arme Junge im Grab

Es war einmal ein armer Hirtenjunge, dem war Vater und Mutter gestorben, und er war von der Obrigkeit einem reichen Mann in das Haus gegeben, der sollte ihn ernähren und erziehen. Der Mann aber und seine Frau hatten ein böses Herz, waren bei allem Reichtum geizig und missgünstig, und ärgerten sich, wenn jemand einen Bissen von ihrem Brot in den Mund steckte. Der arme Junge mochte tun, was er wollte, er erhielt wenig zu essen, aber desto mehr Schläge.

Eines Tages sollte er die Glucke mit ihren Küchlein hüten. Sie verlief sich aber mit ihren Jungen durch einen Heckenzaun: gleich schoss der Habicht herab und entführte sie durch die Lüfte. Der Junge schrie aus Leibeskräften

"Dieb, Dieb, Spitzbub." Aber was half das? Der Habicht brachte seinen Raub nicht wieder zurück. Der Mann hörte den Lärm, lief herbei, und als er vernahm, dass seine Henne weg war, so geriet er in Wut und gab dem Jungen eine solche Tracht Schläge, dass er sich ein paar Tage lang nicht regen konnte. Nun musste er die Küchlein ohne die Henne hüten, aber da war die Not noch größer, das eine lief dahin, das andere dorthin. Da meinte er es klug zu machen, wenn er sie alle zusammen an eine Schnur bände, weil ihm dann der Habicht keins wegstehlen könnte. Aber weit gefehlt. Nach ein paar Tagen, als er von dem Herumlaufen und vom Hunger ermüdet einschlief, kam der Raubvogel und packte eins von den Küchlein, und da die andern daran festhingen, so trug er sie alle mit fort, setzte sich auf einen Baum und schluckte sie hinunter. Der Bauer kam eben nach Haus, und als er das Unglück sah, erboste er sich und schlug den Jungen so unbarmherzig, dass er mehrere Tage im Bette liegen musste.

Als er wieder auf den Beinen war, sprach der Bauer zu ihm "Du bist mir zu dumm, ich kann dich zum Hüter nicht brauchen, du sollst als Bote gehen." Da schickte er ihn zum Richter, dem er einen Korb voll Trauben bringen sollte, und gab ihm noch einen Brief mit. Unterwegs plagte Hunger und Durst den armen Jungen so heftig, dass er zwei von den Trauben aß. Er brachte dem Richter den Korb, als dieser aber den Brief gelesen und die Trauben gezählt hatte, so sagte er "Es fehlen zwei Stück." Der Junge gestand ganz ehrlich, dass er, von Hunger und Durst getrieben, die fehlenden verzehrt habe. Der Richter schrieb einen Brief an den Bauer und verlangte noch einmal soviel Trauben. Auch diese musste der Junge mit einem Brief hintragen. Als ihn wieder so gewaltig hungerte und durstete, so konnte er sich nicht anders helfen, er verzehrte abermals zwei Trauben. Doch nahm er vorher den Brief aus dem Korb, legte ihn unter einen Stein und setzte sich darauf, damit der Brief nicht zusehen und ihn verraten könnte. Der Richter aber stellte ihn doch der fehlenden Stücke wegen zur Rede. "Ach," sagte der Junge, "wie habt Ihr das erfahren? Der Brief konnte es nicht wissen, denn ich hatte ihn zuvor unter einen Stein gelegt." Der Richter musste über die Einfalt lachen, und schickte dem Mann einen Brief, worin er ihn ermahnte, den armen Jungen besser zu halten und es ihm an Speis und Trank nicht fehlen zu lassen; auch möchte er ihn lehren, was recht und unrecht sei.

"Ich will dir den Unterschied schon zeigen," sagte der harte Mann; "willst du aber essen, so musst du auch arbeiten, und tust du etwas Unrechtes, so sollst du durch Schläge hinlänglich belehrt werden." Am folgenden Tag stellte er ihn an eine schwere Arbeit. Er sollte ein paar Bund Stroh zum Futter für die Pferde schneiden; dabei drohte der Mann: "In fünf Stunden," sprach er, "bin ich wieder zurück, wenn dann das Stroh nicht zu Häcksel geschnitten ist, so schlage ich dich so lange, bis du kein Glied mehr regen kannst." Der Bauer ging mit seiner Frau, dem Knecht und der Magd auf den Jahrmarkt und ließ dem Jungen nichts zurück als ein kleines Stück Brot. Der Junge stellte sich an den Strohstuhl und fing an, aus allen Leibeskräften zu arbeiten. Da ihm dabei heiß ward, so zog er sein Röcklein aus und warfs auf das Stroh. In der Angst, nicht fertig zu werden, schnitt er immerzu, und in seinem Eifer zerschnitt er unvermerkt mit dem Stroh auch sein Röcklein. Zu spät ward er das Unglück gewahr, das sich nicht wieder gutmachen ließ. "Ach," rief er, "jetzt ist es aus mit mir. Der böse Mann hat mir nicht umsonst gedroht, kommt er zurück und sieht, was ich getan habe, so schlägt er mich tot. Lieber will ich mir selbst das Leben nehmen."

Der Junge hatte einmal gehört, wie die Bäuerin sprach: "unter dem Bett habe ich einen Topf mit Gift stehen." Sie hatte es aber nur gesagt, um die Näscher zurückzuhalten, denn es war Honig darin. Der Junge kroch unter das Bett, holte den Topf hervor und aß ihn ganz aus. "Ich weiß nicht," sprach er, "die Leute sagen" der Tod sei bitter, mir schmeckt er süß. Kein Wunder, dass die Bäuerin sich so oft den Tod wünscht." Er setzte sich auf ein Stühlchen und war gefasst zu sterben. Aber statt dass er schwächer werden sollte, fühlte er sich von der nahrhaften Speise gestärkt. "Es muss kein Gift gewesen sein," sagte er, "aber der Bauer hat einmal gesagt" in seinem Kleiderkasten läge ein Fläschchen mit Fliegengift, das wird wohl das wahre Gift sein und mir den Tod bringen." Es war aber kein Fliegengift" sondern Ungarwein. Der Junge holte die Flasche heraus und trank sie aus. "Auch dieser Tod schmeckt süß," sagte er, doch als bald hernach der Wein anfing ihm ins Gehirn zu steigen und ihn zu betäuben, so meinte er, sein Ende nahte sich heran. "Ich fühle, dass ich sterben muss," sprach er, "ich will hinaus auf den Kirchhof gehen und ein Grab suchen." Er taumelte fort, erreichte den Kirchhof und legte sich in ein frisch geöffnetes Grab. Die Sinne verschwanden ihm immer mehr. In der Nähe stand ein Wirtshaus, wo eine Hochzeit gefeiert wurde: als er die Musik hörte, deuchte er sich schon im Paradies zu sein, bis er endlich alle Besinnung verlor. Der arme Junge erwachte nicht wieder, die Glut des heißen Weines und der kalte Tau der Nacht nahmen ihm das Leben, und er verblieb in dem Grab, in das er sich selbst gelegt hatte.

Als der Bauer die Nachricht von dem Tod des Jungen erhielt, erschrak er und fürchtete, vor das Gericht geführt zu werden: ja die Angst fasste ihn so gewaltig, dass er ohnmächtig zur Erde sank. Die Frau, die mit einer Pfanne voll Schmalz am Herde stand, lief herzu, um ihm Beistand zu leisten. Aber das Feuer schlug in die Pfanne, ergriff das ganze Haus, und nach wenigen Stunden lag es schon in Asche. Die Jahre, die sie noch zu leben hatten, brachten sie, von Gewissensbissen geplagt, in Armut und Elend zu.

Ende

Von dem Machandelboom

Das ist nun lange her, wohl an die zweitausend Jahre, da war einmal ein reicher Mann, der hatte eine schöne fromme Frau, und sie hatten sich beide sehr lieb, hatten aber keine Kinder. Sie wünschten sich aber sehr welche, und die Frau betete darum soviel Tag und Nacht; aber sie kriegten und kriegten keine. Vor ihrem Hause war ein Hof, darauf stand ein Machandelbaum. Unter dem stand die Frau einstmals im Winter und schälte sich einen Apfel, und als sie sich den Apfel so schälte, da schnitt sie sich in den Finger, und das Blut fiel in den Schnee. "Ach," sagte die Frau und seufzte so recht tief auf, und sah das Blut vor sich an, und war so recht wehmütig: "Hätte ich doch ein Kind, so rot wie Blut und so weiß wie Schnee." Und als sie das sagte, da wurde ihr so recht fröhlich zumute: Ihr war so recht, als sollte es etwas werden. Dann ging sie nach Hause, und es ging ein Monat hin, da verging der Schnee; und nach zwei Monaten, da wurde alles grün; nach drei Monaten, da kamen die Blumen aus der Erde; und nach vier Monaten, da schossen alle Bäume ins Holz, und die grünen Zweige waren alle miteinander verwachsen. Da sangen die Vöglein, dass der ganze Wald erschallte, und die Blüten fielen von den Bäumen, da war der fünfte Monat vergangen, und sie stand immer unter dem Machandelbaum, der roch so schön. Da sprang ihr das Herz vor Freude, und sie fiel auf die Knie und konnte sich gar nicht lassen. Und als der sechste Monat vorbei war, da wurden die Früchte dick und stark, und sie wurde ganz still. Und im siebenten Monat, da griff sie nach den Machandelbeeren und aß sie so begehrlich; und da wurde sie traurig und krank. Da ging der achte Monat hin, und sie rief ihren Mann und weinte und sagte: "Wenn ich sterbe, so begrabe mich unter dem Machandelbaum." Da wurde sie ganz getrost und freute sich, bis der neunte Monat vorbei war: da kriegte sie ein Kind so weiß wie der Schnee und so rot wie Blut, und als sie das sah, da freute sie sich so, dass sie starb.

Da begrub ihr Mann sie unter dem Machandelbaum, und er fing an, so sehr zu weinen; eine Zeitlang dauerte das, dann flossen die Tränen schon sachter, und als er noch etwas geweint hatte, da hörte er auf, und dann nahm er sich wieder eine Frau.

Mit der zweiten Frau hatte er eine Tochter; das Kind aber von der ersten Frau war ein kleiner Sohn, und war so rot wie Blut und so weiß wie Schnee. Wenn die Frau ihre Tochter so ansah, so hatte sie sie sehr lieb; aber dann sah sie den kleinen Jungen an, und das ging ihr so durchs Herz, und es dünkte sie, als stünde er ihr überall im Wege, und sie dachte dann immer, wie sie ihrer Tochter all das Vermögen zuwenden wollte, und der Böse gab es ihr ein, dass sie dem kleinen Jungen ganz gram wurde, und sie stieß ihn aus einer Ecke in die andere, und pufften ihn hier und knuffte ihn dort, so dass das arme Kind immer in Angst war. Wenn er dann aus der Schule kam, so hatte er keinen Platz, wo man ihn in Ruhe gelassen hätte.

Einmal war die Frau in die Kammer hoch gegangen; da kam die kleine Tochter auch herauf und sagte: "Mutter, gib mir einen Apfel." - "Ja, mein Kind," sagte die Frau und gab ihr einen schönen Apfel aus der Kiste; die Kiste aber hatte einen großen schweren Deckel mit einem großen scharfen eisernen Schloss. "Mutter," sagte die kleine Tochter, "soll der Bruder nicht auch einen haben?" Das verdross die Frau, doch sagte sie: "Ja, wenn er aus der Schule kommt." Und als sie ihn vom Fenster aus gewahr wurde, so war das gerade, als ob der Böse in sie gefahren wäre, und sie griff zu und nahm ihrer Tochter den Apfel wieder weg und sagte; "Du sollst ihn nicht eher haben als der Bruder." Da warf sie den Apfel in die Kiste und machte die Kiste zu. Da kam der kleine Junge in die Tür; da gab ihr der Böse ein, dass sie freundlich zu ihm sagte: "Mein Sohn, willst du einen Apfel haben?" und sah ihn so jähzornig an. "Mutter," sagte der kleine Junge, "was siehst du so grässlich aus! Ja, gib mir einen Apfel!" - "Da war ihr, als sollte sie ihm zureden. "Komm mit mir," sagte sie und machte den Deckel auf, "hol dir einen Apfel heraus!" Und als der kleine Junge sich hineinbückte, da riet ihr der Böse; bratsch! Schlug sie den Deckel zu, dass der Kopf flog und unter die roten Äpfel fiel. Da überlief sie die Angst, und sie dachte: "Könnt ich das von mir bringen!" Da ging sie hinunter in ihre Stube zu ihrer Kommode und holte aus der obersten Schublade ein weißes Tuch und setzt den Kopf wieder auf den Hals und band das Halstuch so um, dass man nichts sehen konnte und setzt ihn vor die Türe auf einen Stuhl und gab ihm den Apfel in die Hand.

Darnach kam Marlenchen zu ihrer Mutter in die Küche. Die stand beim Feuer und hatte einen Topf mit heißem Wasser vor sich, den rührte sie immer um. "Mutter," sagte Marlenchen, "der Bruder sitzt vor der Türe und sieht ganz weiß aus und hat einen Apfel in der Hand. Ich hab ihn gebeten, er soll mir den Apfel geben, aber er antwortet mir nicht; das war mir ganz unheimlich." - "Geh noch einmal hin," sagte die Mutter, "und wenn er dir nicht antwortet, dann gib ihm eins hinter die Ohren." Da ging Marlenchen hin und sagte: "Bruder, gib mir den Apfel!" Aber er schwieg still; da gab sie ihm eins hinter die Ohren. Da fiel der Kopf herunter; darüber erschrak sie und fing an zu weinen und zu schreien und lief zu ihrer Mutter und sagte: "Ach, Mutter, ich hab meinem Bruder den Kopf abgeschlagen," und weinte und weinte und wollte sich nicht zufrieden geben. "Marlenchen," sagte die Mutter, "was hast du getan! Aber schweig nur still, dass es kein Mensch merkt; das ist nun doch nicht zu ändern, wir wollen ihn in Sauer kochen." Da nahm die Mutter den kleinen Jungen und hackte ihn in Stücke, tat sie in den Topf und kochte ihn in Sauer. Marlenchen aber stand dabei und weinte und weinte, und die Tränen fielen alle in den Topf, und sie brauchten kein Salz.

Da kam der Vater nach Hause und setzte sich zu Tisch und sagte: "Wo ist denn mein Sohn?" Da trug die Mutter eine große, große Schüssel mit Schwarzsauer auf, und Marlenchen weinte und konnte sich nicht halten.

Da sagte der Vater wieder: "Wo ist denn mein Sohn?" - "Ach," sagte die Mutter, "er ist über Land gegangen, zu den Verwandten seiner Mutter; er wollte dort eine Weile bleiben." - "Was tut er denn dort? Er hat mir nicht mal Lebewohl gesagt!" - "Oh, er wollte so gern hin und bat mich, ob er dort wohl sechs Wochen bleiben könnte; er ist ja gut aufgehoben dort." - "Ach," sagte der Mann, "mir ist so recht traurig zumute; das ist doch nicht recht, er hätte mir doch Lebewohl sagen können." Damit fing er an zu essen und sagte: "Marlenchen, warum weinst du? Der Bruder wird schon wiederkommen." - "Ach Frau," sagte er dann, "was schmeckt mir das Essen schön! Gib mir mehr!" Und je mehr er aß, um so mehr wollte er haben und sagte: "Gebt mir mehr, ihr sollt nichts davon aufheben, das ist, als ob das alles mein wäre." Und er aß und aß, und die Knochen warf er alle unter den Tisch, bis er mit allem fertig war. Marlenchen aber ging hin zu ihrer Kommode und nahm aus der untersten Schublade ihr bestes seidenes Tuch und holte all die Beinchen und Knochen unter dem Tisch hervor und band sie in das seidene Tuch und trug sie vor die Tür und weinte blutige Tränen. Dort legte sie sie unter den Machandelbaum in das grüne Gras, und als sie sie dahin gelegt hatte, da war ihr auf einmal ganz leicht, und sie weinte nicht mehr. Da fing der Machandelbaum an, sich zu bewegen, und die Zweige gingen immer so voneinander und zueinander, so recht, wie wenn sich einer von Herzen freut und die Hände zusammenschlägt. Dabei ging ein Nebel von dem Baum aus, und mitten in dem Nebel, da brannte es wie Feuer, und aus dem Feuer flog so ein schöner Vogel heraus, der sang so herrlich und flog hoch in die Luft, und als er weg war, da war der Machandelbaum wie er vorher gewesen war, und das Tuch mit den Knochen war weg. Marlenchen aber war so recht leicht und vergnügt zumute, so recht, als wenn ihr Bruder noch lebte. Da ging sie wieder ganz lustig nach Hause, setzte sich zu Tisch und aß. Der Vogel aber flog weg und setzte sich auf eines Goldschmieds Haus und fing an zu singen:

"*Mein Mutter der mich schlacht,*
mein Vater der mich aß,
mein Schwester der Marlenichen
sucht alle meine Benichen,
bindt sie in ein seiden Tuch,
legt's unter den Machandelbaum.
Kiwitt, kiwitt, wat vör'n schöön Vagel
bün ik!"

Der Goldschmied saß in seiner Werkstatt und machte eine goldene Kette; da hörte er den Vogel, der auf seinem Dach saß und sang, und das dünkte ihn so schön. Da stand er auf, und als er über die Türschwelle ging, da verlor er einen Pantoffel. Er ging aber so recht mitten auf die Straße hin, mit nur einem Pantoffel und einer Socke; sein

Schurzfell hatte er vor, und in der einen Hand hatte er die goldene Kette, und in der anderen die Zange; und die Sonne schien so hell auf die Straße. Da stellte er sich nun hin und sah den Vogel an. "Vogel," sagte er da, "wie schön kannst du singen! Sing mir das Stück nochmal!" - "Nein," sagte der Vogel, "zweimal sing ich nicht umsonst. Gib mir die goldene Kette, so will ich es dir noch einmal singen." - "Da," sagte der Goldschmied, "hast du die goldene Kette; nun sing mir das noch einmal!" Da kam der Vogel und nahm die goldene Kette in die rechte Kralle, setzte sich vor den Goldschmied hin und sang: "Mein Mutter der mich schlacht, mein Vater der mich aß, mein Schwester der Marlenichen, sucht alle meine Benichen, bindt sie in ein seiden Tuch, legt's unter den Machandelbaum. Kiwitt, kiwitt, wat vör'n schöön Vagel bün ik!"

Da flog der Vogel fort zu einem Schuster, und setzt sich auf sein Dach und sang:

"Mein Mutter der mich schlacht,
mein Vater der mich aß,
mein Schwester der Marlenichen
sucht alle meine Benichen,
bindt sie in ein seiden Tuch,
legt's unter den Machandelbaum.
Kiwitt, kiwitt, wat vör'n schöön Vagel
bün ik!"

Der Schuster hörte das und lief in Hemdsärmeln vor seine Tür und sah zu seinem Dach hinauf und musste die Hand vor die Augen halten, dass die Sonne ihn nicht blendete. "Vogel," sagte er, "was kannst du schön singen." Da rief er zur Tür hinein: "Frau, komm mal heraus, da ist ein Vogel; sieh doch den Vogel, der kann mal schön singen." Dann rief er noch seine Tochter und die Kinder und die Gesellen, die Lehrjungen und die Mägde, und sie kamen alle auf die Straße und sahen den Vogel an, wie schön er war; und er hatte so schöne rote und grüne Federn, und um den Hals war er wie lauter Gold, und die Augen blickten ihm wie Sterne im Kopf. "Vogel," sagte der Schuster, "nun sing mir das Stück noch einmal!" - "Nein," sagte der Vogel, "zweimal sing ich nicht umsonst, du musst mir etwas schenken." - "Frau," sagte der Mann, "geh auf den Boden, auf dem obersten Wandbrett, da stehen ein paar rote Schuh, die bring mal her!" Da ging die Frau hin und holte die Schuhe. "Da, Vogel," sagte der Mann, "nun sing mir das Lied noch einmal!" Da kam der Vogel und nahm die Schuhe in die linke Kralle und flog wieder auf das Dach und sang:

"*Mein Mutter der mich schlacht,*
mein Vater der mich aß,
mein Schwester der Marlenichen
sucht alle meine Benichen,
bindt sie in ein seiden Tuch,
legt's unter den Machandelbaum.

*Kiwitt, kiwitt, wat vör'n schöön Vagel
bün ik!"*

Und als er ausgesungen hatte, da flog er weg; die Kette hatte er in der rechten und die Schuhe in der linken Kralle, und er flog weit weg, bis zu einer Mühle, und die Mühle ging: Klippe klappe, klippe klappe, klippe klappe. Und in der Mühle saßen zwanzig Mühlknappen, die klopften einen Stein und hackten: Hick hack, hick hack, hick hack; und die Mühle ging klippe klappe, klippe klappe, klippe klappe. Da setzte sich der Vogel auf einen Lindenbaum, der vor der Mühle stand und sang:

"*Mein Mutter der mich schlacht,*"

da hörte einer auf;

"*mein Vater der mich aß,*"

da hörten noch zwei auf und hörten zu;

"mein Schwester der Marlenichen"

da hörten wieder vier auf;

"sucht alle meine Benichen,
bindt sie in ein seiden Tuch,"

nun hackten nur acht;

"legt's unter,"

nun nur noch fünf;

"den Machandelbaum"

– nun nur noch einer;

"Kiwitt, kiwitt, wat vör'n schöön Vagel
bün ik!"

Da hörte der letzte auch auf, und er hatte gerade noch den Schluss gehört. "Vogel," sagte er, "was singst du schön!" Lass mich das auch hören, sing mir das noch einmal!" - "Nein," sagte der Vogel, "zweimal sing ich nicht umsonst; gib mir den Mühlenstein, so will ich das noch einmal singen." - "Ja," sagte er, "wenn er mir allein gehörte, so solltest du ihn haben." - "Ja," sagten die anderen, "wenn er noch einmal singt, so soll er ihn haben." Da kam der Vogel heran und die Müller fassten alle zwanzig mit Bäumen an und hoben den Stein auf, "hu uh uhp, hu uh uhp, hu uh uhp!" Da steckte der Vogel den Hals durch das Loch und nahm ihn um wie einen Kragen und flog wieder auf den Baum und sang:

"Mein Mutter der mich schlacht,
mein Vater der mich aß,
mein Schwester der Marlenichen
sucht alle meine Benichen,
bindt sie in ein seiden Tuch,
legt's unter den Machandelbaum.
Kiwitt, kiwitt, wat vör'n schöön Vagel
bün ik!"

Und als er das ausgesungen hatte, da tat er die Flügel auseinander und hatte in der rechten Kralle die Kette und in der linken die Schuhe und um den

Hals den Mühlenstein, und flog weit weg zu seines Vaters Haus.

In der Stube saßen der Vater, die Mutter und Marlenchen bei Tisch, und der Vater sagte: "Ach, was wird mir so leicht, mir ist so recht gut zumute." - "Nein," sagte die Mutter, "mir ist so recht Angst, so recht, als wenn ein schweres Gewitter käme." Marlenchen aber saß und weinte und weinte. Da kam der Vogel angeflogen, und als er sich auf das Dach setzte, da sagte der Vater: "Ach, mir ist so recht freudig, und die Sonne scheint so schön, mir ist ganz, als sollte ich einen alten Bekannten wiedersehen!" - "Nein," sagte die Frau, "mir ist Angst, die Zähne klappern mir und mir ist, als hätte ich Feuer in den Adern." Und sie riss sich ihr Kleid auf, um Luft zu kriegen. Aber Marlenchen saß in der Ecke und weinte, und hatte ihre Schürze vor den Augen und weinte die Schürze ganz und gar nass. Da setzte sich der Vogel auf den Machandelbaum und sang:

"*Meine Mutter die mich schlacht*"

Da hielt sich die Mutter die Ohren zu und kniff die Augen zu und wollte nicht sehen und hören, aber es brauste ihr in den Ohren wie der allerstärkste Sturm und die Augen brannten und zuckten ihr wie Blitze.

"*Mein Vater der mich aß*"

"Ach Mutter," sagte der Mann, "da ist ein schöner Vogel, der singt so herrlich und die Sonne scheint so warm, und das riecht wie lauter Zinnamom." (Zimt)

"*Mein Schwester der Marlenichen*"

Da legte Marlenchen den Kopf auf die Knie und weinte in einem fort. Der Mann aber sagte: "Ich gehe hinaus; ich muss den Vogel in der Nähe sehen." - "Ach, geh nicht," sagte die Frau, "mir ist, als bebte das ganze Haus und stünde in Flammen." Aber der Mann ging hinaus und sah sich den Vogel an -

"sucht alle meine Benichen,
bindt sie in ein seiden Tuch,
legt's unter den Machandelbaum.
Kiwitt, kiwitt, wat vör'n schöön Vagel
bün ik!"

Damit ließ der Vogel die goldene Kette fallen, und sie fiel dem Mann gerade um den Hals, so richtig herum, dass sie ihm ganz wunderschön passte. Da ging er herein und sagte: "Sieh, was ist das für ein schöner Vogel, hat mir eine so schöne goldene Kette geschenkt und sieht so schön aus." Der Frau aber war so Angst, dass sie lang in die Stube hinfiel und ihr die Mütze vom Kopf fiel. Da sang der Vogel wieder:

"Mein Mutter der mich schlacht"

"Ach, dass ich tausend Klafter unter der Erde wäre, dass ich das nicht zu hören brauchte!"

"Mein Vater der mich aß"

Da fiel die Frau wie tot nieder.

"Mein Schwester der Marlenichen"

"Ach," sagte Marlenchen, "ich will doch auch hinausgehen und sehn, ob mir der Vogel etwas schenkt?" Da ging sie hinaus.

"Sucht alle meine Benichen,
bindt sie in ein seiden Tuch"

Da warf er ihr die Schuhe herunter.

"Legt's unter den Machandelbaum.
Kiwitt, kiwitt, wat vör'n schöön Vagel
bün ik!"

Da war ihr so leicht und fröhlich. Sie zog sich die neuen roten Schuhe an und tanzte und sprang herein. "Ach," sagte sie, "mir war so traurig, als ich hinausging, und nun ist mir so leicht. Das ist mal ein herrlicher Vogel, hat mir ein Paar rote Schuhe geschenkt!" - "Nein," sagte die Frau und sprang auf, und die Haare standen ihr zu Berg wie Feuerflammen, "mir ist, als sollte die Welt untergehen; ich will auch hinaus, damit mir leichter wird." Und als sie aus der Tür kam, bratsch! Warf ihr der Vogel den Mühlstein auf den Kopf, dass sie ganz zerquetscht wurde. Der Vater und Marlenchen hörten das und gingen hinaus. Da ging ein Dampf und Flammen und Feuer aus von der Stätte, und als das vorbei war, da stand der kleine Bruder da, und er nahm seinen Vater und Marlenchen bei der Hand und waren alle drei so recht vergnügt und gingen ins Haus, setzten sich an den Tisch und aßen.

Ende

Die beiden Wanderer

Berg und Tal begegnen sich nicht, wohl aber die Menschenkinder, zumal gute und böse. So kamen auch einmal ein Schuster und ein Schneider auf der Wanderschaft zusammen. Der Schneider war ein kleiner hübscher Kerl und war immer lustig und guter Dinge. Er sah den Schuster von der andern Seite herankommen, und da er an seinem Felleisen merkte, was er für ein Handwerk trieb, rief er ihm ein Spottliedchen zu:

"Nähe mir die Naht,
ziehe mir den Draht,
streich ihn rechts und links mit Pech,
schlag, schlag mir fest den Zweck."

Der Schuster aber konnte keinen Spaß vertragen, er verzog ein Gesicht, als wenn er Essig getrunken hätte, und machte Miene, das Schneiderlein am Kragen zu packen. Der kleine Kerl fing aber an zu lachen, reichte ihm seine Flasche und sprach: "Es ist nicht bös gemeint, trink einmal und schluck die Galle hinunter." Der Schuster tat einen gewaltigen Schluck, und das Gewitter auf seinem Gesicht fing an sich zu verziehen. Er gab dem Schneider die Flasche zurück und sprach: "Ich habe ihr ordentlich zugesprochen, man sagt wohl vom vielen Trinken, aber nicht vom großen Durst. Wollen wir zusammen wandern?" - "Mir ist's recht," antwortete der Schneider, "wenn du nur Lust hast, in eine große Stadt zu gehen, wo es nicht an Arbeit fehlt." - "Gerade dahin wollte ich auch," antwortete der Schuster, "in einem kleinen Nest ist nichts zu verdienen, und auf dem Lande gehen die Leute lieber barfuß." Sie wanderten also zusammen weiter und setzten immer einen Fuß vor den andern wie die Wiesel im Schnee.

Zeit genug hatten sie beide, aber wenig zu beißen und zu brechen. Wenn sie in eine Stadt kamen, so gingen sie umher und grüßten das Handwerk, und weil das Schneiderlein so frisch und munter aussah und so hübsche rote Backen hatte, so gab ihm jeder gerne, und wenn das Glück gut war, so gab ihm die Meistertochter unter der Haustüre auch noch einen Kuss auf den Weg. Wenn er mit dem Schuster wieder zusammentraf, so hatte er immer mehr in seinem Bündel. Der griesgrämige Schuster schnitt ein schiefes Gesicht und meinte: "Je größer der Schelm, je größer das Glück." Aber der Schneider fing an zu lachen und zu singen und teilte alles, was er bekam, mit seinem Kameraden. Klingelten nun ein paar Groschen in seiner Tasche, so ließ er auftragen, schlug vor Freude auf den Tisch, dass die Gläser tanzten, und es hieß bei ihm "leicht verdient und leicht vertan."

Als sie eine Zeitlang gewandert waren, kamen sie an einen großen Wald, durch welchen der Weg nach der Königsstadt ging. Es führten aber zwei Fußsteige hindurch, davon war der eine sieben Tage lang, der andere nur zwei Tage, aber niemand von ihnen wusste, welcher der kürzere Weg war. Die zwei Wanderer setzten sich unter einen Eichenbaum und ratschlagten, wie sie sich vorsehen und für wieviel Tage sie Brot mitnehmen wollten. Der Schuster sagte: "Man muss weiter denken, als man geht, ich will für sieben Tage Brot mitnehmen." - "Was," sagte der Schneider, "für sieben Tage Brot auf dem Rücken schleppen wie ein Lasttier und sich nicht umschauen? Ich halte mich an Gott und kehre mich an nichts. Das Geld, das ich in der Tasche habe, das ist im Sommer so gut als im Winter, aber das Brot wird in der heißen Zeit trocken und obendrein schimmelig. Mein Rock geht auch nicht länger als auf die Knöchel. Warum sollen wir den richtigen Weg nicht finden? Für zwei Tage Brot und damit gut." Es kaufte sich also ein jeder sein Brot, dann gingen sie auf gut Glück in den Wald hinein.

In dem Wald war es so still wie in einer Kirche. Kein Wind wehte, kein Bach rauschte, kein Vogel sang, und durch die dichtbelaubten Äste drang kein Sonnenstrahl. Der Schuster sprach kein Wort, ihn drückte das schwere Brot auf dem Rücken, dass ihm der Schweiß über sein verdrießliches und finsteres Gesicht herabfloss. Der Schneider aber war ganz munter, sprang daher, pfiff auf einem Blatt oder sang ein Liedchen und dachte: "Gott im Himmel muss sich freuen, dass ich so lustig bin." Zwei Tage ging das so fort, aber als am dritten Tag der Wald kein Ende nehmen wollte und der Schneider sein Brot aufgegessen hatte, so fiel ihm das Herz doch eine Elle tiefer herab; indessen verlor er nicht den Mut, sondern verließ sich auf Gott und auf sein Glück. Den dritten Tag legte er sich abends hungrig unter einen Baum und stieg den andern Morgen hungrig wieder auf. So ging es auch den vierten Tag, und wenn der Schuster sich auf einen umgestürzten Baum setzte und seine Mahlzeit verzehrte, so blieb dem Schneider nichts als das Zusehen. Bat er um ein Stückchen Brot, so lachte der andere höhnisch und sagte: "Du bist immer so lustig gewesen, da kannst du auch einmal versuchen, wie's tut, wenn man unlustig ist; die Vögel, die morgens zu früh singen, die stößt abends der Habicht," kurz, er war ohne Barmherzigkeit. Aber am fünften Morgen konnte der arme Schneider nicht mehr aufstehen und vor Mattigkeit kaum ein Wort herausbringen; die Backen waren ihm weiß und die Augen rot. Da sagte der Schuster zu ihm: "Ich will dir heute ein Stück Brot geben, aber dafür will ich dir dein rechtes Auge ausstechen." Der unglückliche Schneider, der doch gerne sein Leben erhalten wollte, konnte sich nicht anders helfen: er weinte noch einmal mit beiden Augen und hielt sie dann hin, und der Schuster, der ein Herz von Stein hatte, stach ihm mit einem scharfen Messer das rechte Auge aus. Dem Schneider kam in den Sinn, was ihm sonst seine Mutter gesagt hatte, wenn er in der Speisekammer genascht hatte: "Essen, soviel man mag, und leiden, was man muss." Als er sein teuer bezahltes Brot verzehrt hatte, machte er sich wieder auf die Beine, vergaß sein Unglück und tröstete sich damit, dass er mit einem Auge noch immer genug sehen könnte. Aber am sechsten Tag meldete sich der Hunger aufs Neue und zehrte ihm fast das Herz auf. Er fiel abends bei einem Baum nieder, und am siebenten Morgen konnte er sich vor Mattigkeit nicht erheben, und der Tod saß ihm im Nacken. Da sagte der Schuster: "Ich will

Barmherzigkeit ausüben und dir nochmals Brot geben; umsonst bekommst du es nicht, ich steche dir dafür das andere Auge noch aus." Da erkannte der Schneider sein leichtsinniges Leben, bat den lieben Gott um Verzeihung und sprach: "Tue, was du musst, ich will leiden, was ich muss; aber bedenke, dass unser Herrgott nicht jeden Augenblick richtet, und dass eine andere Stunde kommt, wo die böse Tat vergolten wird, die du an mir verübst und die ich nicht an dir verdient habe. Ich habe in guten Tagen mit dir geteilt, was ich hatte. Mein Handwerk ist der Art, dass Stich muss Stich vertreiben. Wenn ich keine Augen mehr habe, und nicht mehr nähen kann, so muss ich betteln gehen. Lass mich nur, wenn ich blind bin, hier nicht allein liegen, sonst muss ich verschmachten." Der Schuster aber, der Gott aus seinem Herzen vertrieben hatte, nahm das Messer und stach ihm noch das linke Auge aus. Dann gab er ihm ein Stück

Brot zu essen, reichte ihm einen Stock und führte ihn hinter sich her.

Als die Sonne unterging, kamen sie aus dem Wald, und vor dem Wald auf dem Feld stand ein Galgen. Dahin leitete der Schuster den blinden Schneider, ließ ihn dann liegen und ging seiner Wege. Vor Müdigkeit, Schmerz und Hunger schlief der Unglückliche ein und schlief die ganze Nacht. Als der Tag dämmerte, erwachte er, wusste aber nicht, wo er lag. An dem Galgen hingen zwei arme Sünder, und auf dem Kopfe eines jeden saß eine Krähe. Da fing der eine an zu sprechen: "Bruder, wachst du?" - "Ja, ich wache," antwortete der zweite. "So will ich dir etwas sagen," fing der erste wieder an, "der Tau, der heute Nacht über uns vom Galgen herabgefallen ist, der gibt jedem, der sich damit wäscht, die Augen wieder. Wenn das die Blinden wüssten, wie mancher könnte sein Gesicht wiederhaben der nicht glaubt, dass das möglich sei." Als der Schneider das hörte, nahm er sein Taschentuch, drückte es auf das Gras, und als es mit dem Tau befeuchtet war, wusch er seine Augenhöhlen damit. Alsbald ging in Erfüllung, was der Gehenkte gesagt hatte, und ein Paar frische und gesunde Augen füllten die Höhlen. Es dauerte nicht lange, so sah der Schneider die Sonne hinter den Bergen aufsteigen, vor ihm in der Ebene lag die große Königsstadt mit ihren prächtigen Toren und hundert Türmen, und die goldenen Knöpfe und Kreuze, die auf den Spitzen standen, fingen an zu glühen. Er unterschied jedes Blatt an den Bäumen, erblickte die Vögel, die vorbeiflogen, und die Mücken, die in der Luft tanzten. Er holte eine Nähnadel aus der Tasche, und als er den Zwirn einfädeln konnte, so gut, als er es je gekonnt hatte, so sprang sein Herz vor Freude. Er warf sich auf seine Knie, dankte Gott für die erwiesene Gnade und sprach seinen Morgensegen, er vergaß auch nicht, für die armen Sünder zu bitten, die da hingen wie der Schwengel in der Glocke, und die der Wind aneinander schlug. Dann nahm er sein Bündel auf den Rücken, vergaß bald das ausgestandene Herzeleid und ging unter Singen und Pfeifen weiter.

Das erste, was ihm begegnete, war ein braunes Füllen, das frei im Felde herumsprang. Er packte es an der Mähne, wollte sich aufschwingen und in die Stadt reiten. Das Füllen aber bat um seine Freiheit: "Ich bin noch zu jung," sprach es, "auch ein leichter Schneider wie du bricht mir den Rücken entzwei, lass mich laufen, bis ich stark geworden bin. Es kommt vielleicht eine Zeit, wo ich dir's lohnen kann." - "Lauf hin," sagte der Schneider, "ich sehe, du bist auch so ein Springinsfeld." Er gab ihm noch einen Hieb mit der Gerte über den Rücken, dass es vor Freude mit den Hinterbeinen ausschlug, über Hecken und Gräben setzte und in das Feld hineinjagte.

Aber das Schneiderlein hatte seit gestern nichts gegessen. "Die Sonne," sprach er, "füllt mir zwar die Augen, aber das Brot nicht den Mund. Das erste, was mir begegnet und halbwegs genießbar ist, das muss herhalten." Indem schritt ein Storch ganz ernsthaft über die Wiese daher. "Halt, halt," rief der Schneider und packte ihn am Bein, "ich weiß nicht, ob du zu genießen bist, aber mein Hunger erlaubt mir keine lange Wahl, ich muss dir den Kopf abschneiden und dich braten." - "Tue das nicht," antwortete der Storch, "ich bin ein heiliger Vogel, dem niemand ein Leid zufügt, und der den Menschen großen Nutzen bringt. Lässt du mir mein Leben, so kann ich dir's ein andermal vergelten." - "So zieh ab, Vetter Langbein," sagte der Schneider. Der Storch erhob sich, ließ die langen Beine hängen und flog gemächlich fort.

"Was soll daraus werden?" sagte der Schneider zu sich selbst, "mein Hunger wird immer größer und mein Magen immer leerer. Was mir jetzt in den Weg kommt, das ist verloren." Indem sah er auf einem Teich ein paar junge Enten daherschwimmen. "Ihr kommt ja wie gerufen," sagte er, packte eine davon, und wollte ihr den Hals umdrehen. Da fing eine alte Ente, die in dem Schilf steckte, laut an zu kreischen, schwamm mit aufgesperrtem Schnabel herbei und bat ihn flehentlich, sich ihrer lieben Kinder zu erbarmen. "Denkst du nicht," sagte sie, "wie deine Mutter jammern würde, wenn dich einer wegholen und dir den Garaus machen wollte?" - "Sei nur still," sagte der gutmütige Schneider, "du sollst deine Kinder behalten," und setzte die Gefangene wieder ins Wasser.

Als er sich umkehrte, stand er vor einem alten Baum, der halb hohl war, und sah die wilden Bienen aus- und einfliegen. "Da finde ich gleich den Lohn für meine gute Tat," sagte der Schneider, "der Honig wird mich laben." Aber der Weisel kam heraus, drohte und sprach: "Wenn du mein Volk anrührst und mein Nest zerstörst, so sollen dir unsere Stacheln wie zehntausend glühende Nadeln in die Haut fahren. Lässt du uns aber in Ruhe und gehst deiner Wege, so wollen wir dir ein andermal dafür einen Dienst leisten."

Das Schneiderlein sah, dass auch hier nichts anzufangen war. "Drei Schüsseln leer," sagte er, "und auf der vierten nichts, das ist eine schlechte Mahlzeit." Er schleppte sich also mit seinem ausgehungerten Magen in die Stadt, und da es eben zu Mittag läutete, so war für ihn im Gasthaus schon gekocht, und er konnte sich gleich zu Tisch setzen. Als er satt war, sagte er: "Nun will ich auch arbeiten." Er ging in der Stadt umher, suchte einen Meister und fand auch bald ein gutes Unterkommen. Da er aber sein Handwerk von Grund auf gelernt hatte, so dauerte es nicht lange, er ward berühmt, und jeder wollte seinen neuen Rock von dem kleinen Schneider gemacht haben. Alle Tage nahm sein Ansehen zu. "Ich kann in meiner Kunst nicht weiterkommen," sprach er, "und doch geht's jeden Tag besser." Endlich bestellte ihn der König zu seinem Hofschneider.

Aber wie es in der Welt geht: an demselben Tag war sein ehemaliger Kamerad, der Schuster, auch Hofschuster geworden. Als dieser den Schneider erblickte und sah, dass er wieder zwei gesunde Augen hatte, so peinigte ihn das Gewissen. "Ehe er Rache an mir nimmt," dachte er bei sich selbst, "muss ich ihm eine Grube graben." Wer aber andern eine Grube gräbt, fällt selbst hinein. Abends, als er Feierabend gemacht hatte und es dämmerig geworden war, schlich er sich zu dem König und sagte: "Herr König, der Schneider ist ein übermütiger Mensch und hat sich vermessen, er wollte die goldene Krone wieder herbeischaffen, die vor alten Zeiten ist verloren gegangen." - "Das sollte mir lieb sein," sprach der König, ließ den Schneider am andern Morgen vor sich fordern und befahl ihm, die Krone wieder herbeizuschaffen, oder für immer die Stadt zu verlassen. "Oho," dachte der Schneider, "ein Schelm gibt mehr, als er hat. Wenn der murrköpfige König von mir verlangt, was kein Mensch leisten kann, so will ich nicht warten bis morgen, sondern gleich heute wieder zur Stadt hinauswandern." Er schnürte also sein Bündel, als er aber aus dem Tor heraus war, so tat es ihm doch leid, dass er sein Glück aufgegeben und die Stadt, in der es ihm so wohl gegangen war, mit dem Rücken ansehen sollte. Er kam zu dem Teich, wo er mit den Enten Bekanntschaft gemacht hatte, da saß gerade die Alte, der er ihre Jungen gelassen hatte, am Ufer und putzte sich mit dem Schnabel. Sie erkannte ihn gleich und fragte, warum er den Kopf so hängen lasse. "Du wirst dich nicht wundern, wenn du hörst, was mir begegnet ist," antwortete der Schneider und erzählte ihr sein Schicksal. "Wenn's weiter nichts ist," sagte die Ente, "da können wir Rat schaffen. Die Krone ist ins Wasser gefallen und liegt unten auf dem Grund, wie bald haben wir sie wieder heraufgeholt. Breite nur derweil dein Taschentuch ans Ufer aus." Sie tauchte mit ihren zwölf Jungen unter , und nach fünf Minuten war sie wieder oben und saß mitten in der Krone, die auf ihren Fittichen ruhte, und die zwölf Jungen schwammen rund herum, hatten ihre Schnäbel untergelegt und halfen tragen. Sie schwammen ans Land und legten die Krone auf das Tuch. Du glaubst nicht, wie prächtig die Krone war, wenn die Sonne darauf schien, so glänzte sie wie hunderttausend Karfunkelsteine. Der Schneider band sein Tuch mit den vier Zipfeln zusammen und trug sie zum König, der in einer Freude war und dem Schneider eine goldene Kette um den Hals hängte.

Als der Schuster sah, dass der eine Streich misslungen war, so besann er sich auf einen zweiten, trat vor den König und sprach: "Herr König, der Schneider ist wieder so übermütig geworden, er vermisst sich, das ganze königliche Schloss mit allem, was darin ist, los und fest, innen und außen, in Wachs abzubilden." Der König ließ den Schneider kommen und befahl ihm, das ganze königliche Schloss mit allem, was darin wäre, los und fest, innen und außen, in Wachs abzubilden, und wenn er es nicht zustande brächte, oder es fehlte nur ein Nagel an der Wand, so sollte er zeitlebens unter der Erde gefangen sitzen. Der Schneider dachte: "Es kommt immer ärger, das hält kein Mensch aus," warf sein Bündel auf den Rücken und wanderte fort. Als er an den hohlen Baum kam, setzte er sich nieder und ließ den Kopf hängen. Die Bienen kamen herausgeflogen, und der Weisel fragte ihn, ob er einen steifen Hals hätte, weil er den Kopf so schief hielt. "Ach nein," antwortete der Schneider, "mich drückt etwas anderes." Und erzählte, was der König von ihm gefordert hatte. Die Bienen fingen an untereinander zu summen und zu brummen, und der Weisel sprach: "Geh nur wieder nach Haus, komm aber morgen um diese Zeit wieder und bring ein großes Tuch mit, so wird alles gut gehen." Da kehrte er wieder um, die Bienen aber flogen nach dem königlichen Schloss geradezu in die offenen Fenster hinein, krochen in allen Ecken herum und besahen alles aufs Genaueste. Dann liefen sie zurück und bildeten das Schloss in Wachs nach mit einer solchen Geschwindigkeit, dass man meinte, es wüchse einem vor den Augen. Schon am Abend war alles fertig, und als der Schneider am folgenden Morgen kam, so stand das ganze prächtige Gebäude da, und es fehlte kein Nagel an der Wand und kein Ziegel auf dem Dach; dabei war es zart und schneeweiß, und roch süß wie Honig. Der Schneider packte es vorsichtig in sein Tuch und brachte es dem König, der aber konnte sich nicht genug verwundern, stellte es in seinem größten Saal auf und schenkte dem Schneider dafür ein großes steinernes Haus.

Der Schuster ab ließ nicht nach, ging zum dritten Mal zu dem König und sprach: "Herr König, dem Schneider ist zu Ohren gekommen, dass auf dem Schlosshof kein Wasser springen will, da hat er sich vermessen, es solle mitten im Hof mannshoch aufsteigen und hell sein wie Kristall." Da ließ der König den Schneider herbeiholen und sagte: "Wenn nicht morgen ein Strahl von Wasser in meinem Hof springt, wie du versprochen hast, so soll dich der Scharfrichter auf demselben Hof um einen Kopf kürzer machen." Der arme Schneider besann sich nicht lange und eilte zum Tore hinaus, und weil es ihm diesmal ans Leben gehen sollte, so rollten ihm die Tränen über die Backen herab. Indem er so voll Trauer dahinging, kam das Füllen herangesprungen, dem er einmal die Freiheit geschenkt hatte, und aus dem ein hübscher Brauner geworden war. "Jetzt kommt die Stunde" sprach er zu ihm, "wo ich dir deine Guttat vergelten kann. Ich weiß schon, was dir fehlt, aber es soll dir bald geholfen werden, sitz nur auf, mein Rücken kann deiner zwei tragen." Dem Schneider kam das Herz wieder, er sprang in einem Satz auf, und das Pferd rannte in vollem Lauf zur Stadt hinein und geradezu auf den Schlosshof. Da jagte es dreimal rund herum, schnell wie der Blitz, und beim dritten Mal stürzte es nieder. In dem Augenblick aber krachte es furchtbar: ein Stück Erde sprang in der Mitte des Hofs wie eine Kugel in die Luft und über das Schloss hinaus, und gleich dahinterher erhob sich ein Strahl von Wasser so hoch wie Mann und Pferd, und das Wasser war so rein wie Kristall, und die Sonnenstrahlen fingen an darauf zu tanzen. Als der König das sah, stand er vor Verwunderung auf, ging und umarmte das Schneiderlein im Angesicht aller Menschen.

Aber das Glück dauerte nicht lange. Der König hatte Töchter genug, eine immer schöner als die andere, aber keinen Sohn. Da begab sich der boshafte Schuster zum vierten Mal zu dem Könige und sprach: "Herr König, der Schneider lässt nicht ab von seinem Übermut. Jetzt hat er sich vermessen, wenn er wolle, so könne er dem

Herrn König einen Sohn durch die Lüfte herbeitragen lassen." Der König ließ den Schneider rufen und sprach: "Wenn du mir binnen neun Tagen einen Sohn bringen lässt, so sollst du meine älteste Tochter zur Frau haben." - "Der Lohn ist freilich groß," dachte das Schneiderlein, "da täte man wohl ein Übriges, aber die Kirschen hängen mir zu hoch: wenn ich danach steige, so bricht unter mir der Ast, und ich falle herab." Er ging nach Haus, setzte sich mit unterschlagenen Beinen auf seinen Arbeitstisch und bedachte sich, was zu tun wäre. "Es geht nicht," rief er endlich aus, "ich will fort, hier kann ich doch nicht in Ruhe leben." Er schnürte sein Bündel und eilte zum Tore hinaus. Als er auf die Wiesen kam, erblickte er seinen alten Freund, den Storch, der da wie ein Weltweiser auf- und abging, zuweilen still stand, einen Frosch in nähere Betrachtung nahm und ihn endlich verschluckte. Der Storch kam heran und begrüßte ihn. "Ich sehe," hub er an, "du hast deinen Ranzen auf dem Rücken, warum willst du die Stadt verlassen?" Der Schneider erzählte ihm, was der König von ihm verlangt hatte und er nicht erfüllen konnte, und jammerte über sein Missgeschick. "Lass dir darüber keine grauen Haare wachsen," sagte der Storch, "ich will dir aus der Not helfen. Schon lange bringe ich die Wickelkinder in die Stadt, da kann ich auch einmal einen kleinen Prinzen aus dem Brunnen holen. Geh heim und verhalte dich ruhig. Heut über neun Tage begib dich in das königliche Schloss, da will ich kommen." Das Schneiderlein ging nach Haus und war zu rechter Zeit in dem Schloss. Nicht lange, so kam der Storch herangeflogen und klopfte ans Fenster. Der Schneider öffnete ihm, und Vetter Langbein stieg vorsichtig herein und ging mit gravitätischen Schritten über den glatten Marmorboden; er hatte aber ein Kind im Schnabel, das schön wie ein Engel, und seine

Händchen nach der Königin ausstreckte. Er legte es ihr auf den Schoß, und sie herzte und küsste es, und war vor Freude außer sich. Der Storch nahm, bevor er wieder wegflog, seine Reisetasche von der Schulter herab und überreichte sie der Königin. Es steckten Tüten darin mit bunten Zuckererbsen, sie wurden unter die kleinen Prinzessinnen verteilt, Die älteste aber erhielt nichts, sondern bekam den lustigen Schneider zum Mann. "Es ist mir geradeso," sprach der Schneider, "als wenn ich das große Los gewonnen hätte. Meine Mutter hatte doch recht, die sagte immer, wer auf Gott vertraut und nur Glück hat, dem kanns nicht fehlen."

Der Schuster musste die Schuhe machen, in welchen das Schneiderlein auf dem Hochzeitfest tanzte, hernach ward ihm befohlen, die Stadt auf immer zu verlassen. Der Weg nach dem Wald führte ihn zu dem Galgen. Von

Zorn, Wut und der Hitze des Tages ermüdet, warf er sich nieder. Als er die Augen zumachte und schlafen wollte, stürzten die beiden Krähen von den Köpfen der Gehenkten mit lautem Geschrei herab und hackten ihm die Augen aus. Unsinnig rannte er in den Wald und muss darin verschmachtet sein, denn es hat ihn niemand wieder gesehen oder etwas von ihm gehört.

Ende

Blaubart

In einem Walde lebte ein Mann, der hatte drei Söhne und eine schöne Tochter. Einmal kam ein goldener Wagen mit sechs Pferden und einer Menge Bedienten angefahren, hielt vor dem Haus still, und ein König stieg aus und bat den Mann, er möchte ihm seine Tochter zur Gemahlin geben.

Der Mann war froh, dass seiner Tochter ein solches Glück widerfuhr, und sagte gleich ja; es war auch an dem Freier gar nichts auszusetzen, als dass er einen ganz blauen Bart hatte, so dass man einen kleinen Schrecken kriegte, sooft man ihn ansah. Das Mädchen erschrak auch anfangs davor und scheute sich, ihn zu heiraten, aber auf Zureden seines Vaters willigte es endlich ein. Doch weil es so eine Angst fühlte, ging es erst zu seinen drei Brüdern, nahm sie allein und sagte: "Liebe Brüder, wenn ihr mich schreien hört, wo ihr auch seid, so lasst alles stehen und liegen und kommt mir zu Hülfe." Das versprachen ihm die Brüder und küssten es. "Leb wohl, liebe Schwester, wenn wir deine Stimme hören, springen wir auf unsere Pferde und sind bald bei dir." Darauf setzte es sich in den Wagen zu dem Blaubart und fuhr mit ihm fort.

Wie es in sein Schloss kam, war alles prächtig, und was die Königin nur wünschte, das geschah, und sie wären recht glücklich gewesen, wenn sie sich nur an den blauen Bart des Königs hätte gewöhnen können, aber immer, wenn sie den sah, erschrak sie innerlich davor.

Nachdem das einige Zeit gewährt, sprach er: "Ich muss eine große Reise machen, da hast du die Schlüssel zu dem ganzen Schloss, du kannst überall aufschließen und alles besehen, nur die Kammer, wozu dieser kleine goldene Schlüssel gehört, verbiet ich dir; schließt du die auf, so ist dein Leben verfallen." Sie nahm die Schlüssel, versprach ihm zu gehorchen, und als er fort war, schloss sie nacheinander die Türen auf und sah so viel Reichtümer und Herrlichkeiten, dass sie meinte, aus der ganzen Welt wären sie hier zusammengebracht.

Es war nun nichts mehr übrig als die verbotene Kammer, der Schlüssel war von Gold, da gedachte sie, in dieser ist vielleicht das Allerkostbarste verschlossen; die Neugierde fing an, sie zu plagen, und sie hätte lieber all das andere nicht gesehen, wenn sie nur gewusst, was in dieser wäre.

Eine Zeitlang widerstand sie der Begierde, zuletzt aber ward diese so mächtig, dass sie den Schlüssel nahm und zu der Kammer hinging: "Wer wird es sehen, dass ich sie öffne," sagte sie zu sich selbst, "ich will auch nur einen Blick hineintun." Da schloss sie auf, und wie die Türe aufging, schwamm ihr ein Strom Blut entgegen, und an den Wänden herum sah sie tote Weiber hängen, und von einigen waren nur die Gerippe noch übrig. Sie erschrak so heftig, dass sie die Türe gleich wieder zuschlug, aber der Schlüssel sprang dabei heraus und fiel in das Blut. Geschwind hob sie ihn auf und wollte das Blut abwischen, aber es war umsonst, wenn sie es auf der einen Seite abgewischt, kam es auf der ändern wieder zum Vorschein; sie setzte sich den ganzen Tag hin und rieb daran und versuchte alles mögliche, aber es half nichts, die Blutflecken waren nicht herabzubringen; endlich am Abend legte sie ihn ins Heu, das sollte in der Nacht das Blut ausziehen.

Am andern Tag kam der Blaubart zurück, und das Erste war, dass er die Schlüssel von ihr forderte; ihr Herz schlug, sie brachte die andern und hoffte, er werde es nicht bemerken, dass der goldene fehlte. Er aber zählte sie alle, und wie er fertig war, sagte er: "Wo ist der zu der heimlichen Kammer?" Dabei sah er ihr in das Gesicht. Sie ward blutrot und antwortete: "Er liegt oben, ich habe ihn verlegt, morgen will ich ihn suchen." - "Geh lieber gleich, liebe Frau, ich werde ihn noch heute brauchen." - "Ach ich will dir's nur sagen, ich habe ihn im Heu verloren, da muss ich erst suchen." - "Du hast ihn nicht verloren," sagte der Blaubart zornig, "du hast ihn dahin gesteckt, damit die Blutflecken herausziehen sollen, denn du hast mein Gebot übertreten und bist in der Kammer gewesen, aber jetzt sollst du hinein, wenn du auch nicht willst."

Da musste sie den Schlüssel holen, der war noch voller Blutflecken. "Nun bereite dich zum Tode, du sollst noch heute sterben," sagte der Blaubart, holte sein großes Messer und führte sie auf den Hausehrn. "Lass mich nur noch vor meinem Tod mein Gebet tun," sagte sie. "So geh, aber eil dich, denn ich habe keine Zeit lang zu warten."

Da lief sie die Treppe hinauf und rief, so laut sie konnte, zum Fenster hinaus: "Brüder, meine lieben Brüder, kommt, helft mir!" Die Brüder saßen im Wald beim kühlen Wein, da sprach der jüngste: "Mir ist, als hätt ich unserer Schwester Stimme gehört; auf! wir müssen ihr zu Hülfe eilen!" Da sprangen sie auf ihre Pferde und ritten, als wären sie der Sturmwind.

Ihre Schwester aber lag in Angst auf den Knien; da rief der Blaubart unten: "Nun, bist du bald fertig?" Dabei hörte sie, wie er auf der untersten Stufe sein Messer wetzte; sie sah hinaus, aber sie sah nichts als von Ferne einen Staub, als kam eine Herde gezogen. Da schrie sie noch einmal: "Brüder, meine lieben

Brüder! Kommt, helft mir!" Und ihre Angst ward immer größer. Der Blaubart aber rief: "Wenn du nicht bald kommst, so hol ich dich, mein Messer ist gewetzt!" Da sah sie wieder hinaus und sah ihre drei Brüder durch das Feld reiten, als flögen sie wie Vögel in der Luft, da schrie sie zum dritten Mal in der höchsten Not und aus allen Kräften: "Brüder, meine lieben Brüder! Kommt, helft mir!" Und der jüngste war schon so nah, dass sie seine Stimme hörte: "Tröste dich, liebe Schwester, noch einen Augenblick, so sind wir bei dir!" Der Blaubart aber rief: "Nun ist's genug gebetet, ich will nicht länger warten, kommst du nicht, so hol ich dich!" - "Ach! Nur noch für meine drei lieben Brüder lass mich beten." Er hörte aber nicht, kam die Treppe heraufgegangen und zog sie hinunter, und eben hatte er sie an den Haaren gefasst und wollte ihr das Messer in das Herz stoßen, da schlugen die drei Brüder an die Haustüre, drangen herein und rissen sie ihm aus der Hand, dann zogen sie ihre Säbel und hieben ihn nieder.

Da ward er in die Blutkammer aufgehängt zu den andern Weibern, die er getötet, die Brüder aber nahmen ihre liebste Schwester mit nach Haus, und alle Reichtümer des Blaubarts gehörten ihr.

Ende

Wie Kinder Schlachtens miteinander gespielt haben

I

In einer Stadt, Franecker genannt, gelegen in Westfriesland, da ist es geschehen, dass junge Kinder, fünf- und sechsjährige, Mägdlein und Knaben, miteinander spielten. Und sie ordneten ein Büblein an, das solle der Metzger sein, ein anderes Büblein, das solle Koch sein, und ein drittes Büblein, das solle eine Sau sein. Ein Mägdlein, ordneten sie, solle Köchin sein, wieder ein anderes, das solle Unterköchin sein; und die Unterköchin solle in einem Geschirrchen das Blut von der Sau empfangen, dass man Würste könne machen. Der Metzger geriet nun verabredetermaßen an das Büblein, das die Sau sollte sein, riss es nieder und schnitt ihm mit einem Messerlein die Gurgel auf, und die Unterköchin empfing das Blut in ihrem Geschirrchen. Ein Ratsherr, der von ungefähr vorübergeht, sieht dies Elend: er nimmt von Stund an den Metzger mit sich und führt ihn in des Obersten Haus, welcher sogleich den ganzen Rat versammeln ließ. Sie saßen all über diesen Handel und wussten nicht, wie sie ihm tun sollten, denn sie sahen wohl, dass es kindlicherweise geschehen war. Einer unter ihnen, ein alter weiser Mann, gab den Rat, der oberste Richter solle einen schönen roten Apfel in eine Hand nehmen, in die andere einen rheinischen Gulden, solle das Kind zu sich rufen und beide Hände gleich gegen dasselbe ausstrecken: nehme es den Apfel, so soll' es ledig erkannt werden, nehme es aber den Gulden, so solle man es töten. Dem wird gefolgt, das Kind aber ergreift den Apfel lachend, wird also aller Strafe ledig erkannt.

II

Einstmals hat ein Hausvater ein Schwein geschlachtet, das haben seine Kinder gesehen; als sie nun nachmittags miteinander spielen wollen, hat das eine Kind zum andern gesagt: "Du sollst das Schweinchen und ich der Metzger sein"; hat darauf ein bloß Messer genommen und es seinem Brüderchen in den Hals gestoßen. Die Mutter, welche oben in der Stube saß und ihr jüngstes Kindlein in einem Zuber badete, hörte das Schreien ihres anderen Kindes, lief alsbald hinunter, und als sie sah, was vorgegangen, zog sie das Messer dem Kind aus dem Hals und stieß es im Zorn dem andern Kind, welches der Metzger gewesen, ins Herz. Darauf lief sie alsbald nach der Stube und wollte sehen, was ihr Kind in dem Badezuber mache, aber es war unterdessen in dem Bad ertrunken; deswegen dann die Frau so voller Angst ward, dass sie in Verzweiflung geriet, sich von ihrem Gesinde nicht wollte trösten lassen, sondern sich selbst erhängte. Der Mann kam vom Felde, und als er dies alles gesehen, hat er sich so betrübt, dass er kurz darauf gestorben ist.

Ende

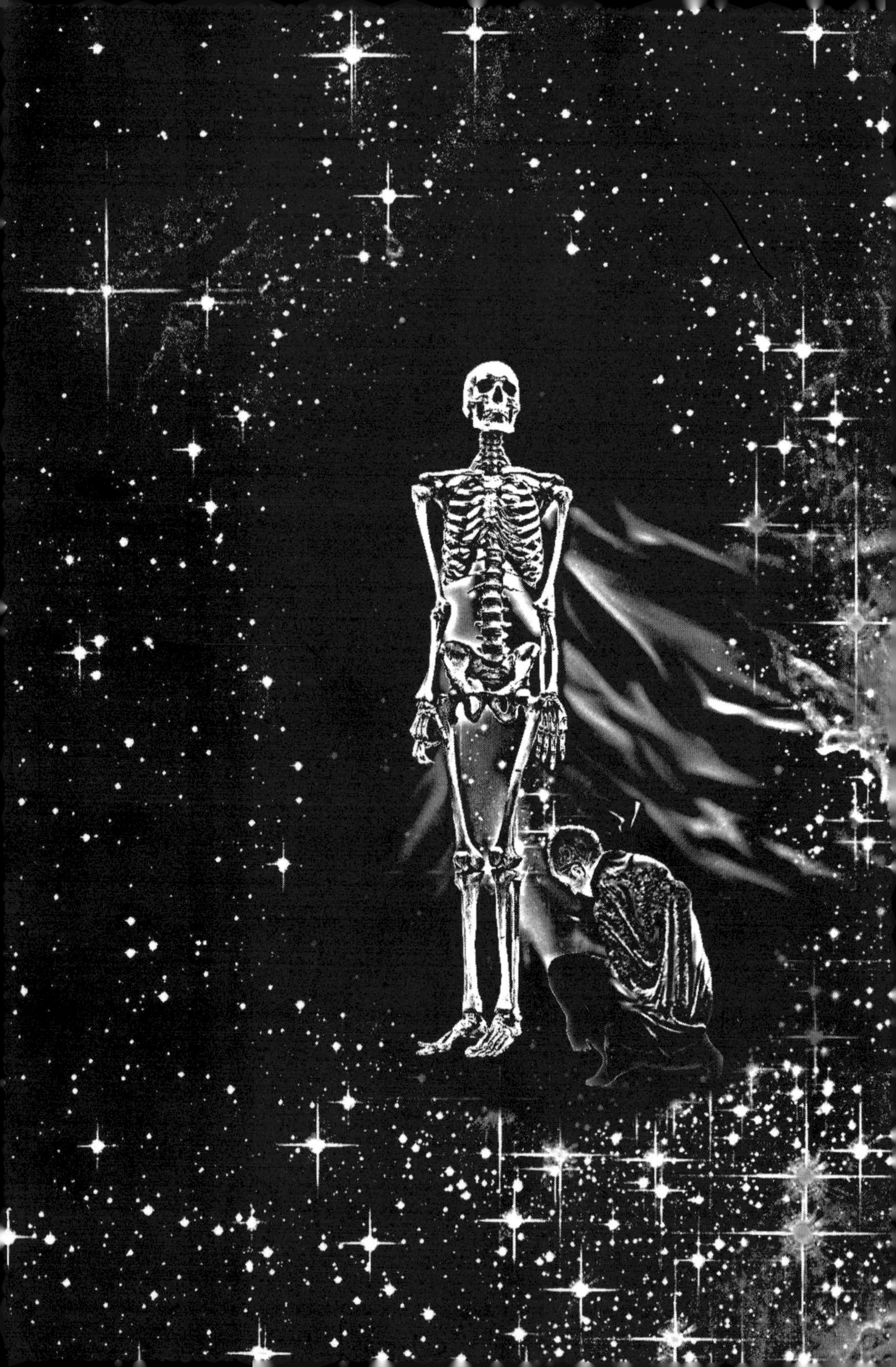

Der Gevatter Tod

Es hatte ein armer Mann zwölf Kinder und musste Tag und Nacht arbeiten, damit er ihnen nur Brot geben konnte. Als nun das dreizehnte zur Welt kam, wusste er sich in seiner Not nicht zu helfen, lief hinaus auf die große Landstraße und wollte den ersten, der ihm begegnete, zu Gevatter bitten. Der erste, der ihm begegnete, das war der liebe Gott. Der wusste schon, was er auf dem Herzen hatte, und sprach zu ihm: "Armer Mann, du dauerst mich, ich will dein Kind aus der Taufe heben, will für es sorgen und es glücklich machen auf Erden." Der Mann sprach: "Wer bist du?" - "Ich bin der liebe Gott." - "So begehr' ich dich nicht zu Gevatter," sagte der Mann, "du gibst dem Reichen und lässest den Armen hungern." Das sprach der Mann, weil er nicht wusste, wie weislich Gott Reichtum und Armut verteilt. Also wendete er sich von dem Herrn und ging weiter. Da trat der Teufel zu ihm und sprach: "Was suchst du? Willst du mich zum Paten deines Kindes nehmen, so will ich ihm Gold die Hülle und Fülle und alle Lust der Welt dazu geben." Der Mann fragte: "Wer bist du?" - "Ich bin der Teufel." - "So begehr' ich dich nicht zu Gevatter," sprach der Mann, "du betrügst und verführst die Menschen." Er ging weiter; da kam der dürrbeinige Tod auf ihn zugeschritten und sprach: "Nimm mich zu Gevatter." Der Mann fragte: "Wer bist du?" - "Ich bin der Tod, der alle gleichmacht." Da sprach der Mann: "Du bist der Rechte, du holst den Reichen wie den Armen ohne Unterschied, du sollst mein Gevattersmann sein." Der Tod antwortete: "Ich will dein Kind reich und berühmt machen; denn wer mich zum Freunde hat, dem kann's nicht fehlen." Der

Mann sprach: "Künftigen Sonntag ist die Taufe, da stelle dich zu rechter Zeit ein." Der Tod erschien, wie er versprochen hatte, und stand ganz ordentlich Gevatter.

Als der Knabe zu Jahren gekommen war, trat zu einer Zeit der Pate ein und hieß ihn mitgehen. Er führte ihn hinaus in den Wald, zeigte ihm ein Kraut, das da wuchs, und sprach: "Jetzt sollst du dein Patengeschenk empfangen. Ich mache dich zu einem berühmten Arzt. Wenn du zu einem Kranken gerufen wirst, so will ich dir jedesmal erscheinen: steh ich zu Häupten des Kranken, so kannst du keck sprechen, du wolltest ihn wieder gesund machen, und gibst du ihm dann von jenem Kraut ein, so wird er genesen; steh ich aber zu Füßen des Kranken, so ist er mein, und du musst sagen, alle Hilfe sei umsonst und kein Arzt in der Welt könne ihn retten. Aber hüte dich, dass du das Kraut nicht gegen meinen

Willen gebrauchst, es könnte dir schlimm ergehen!"

Es dauerte nicht lange, so war der Jüngling der berühmteste Arzt auf der ganzen Welt. "Er braucht nur den Kranken anzusehen, so weiß er schon, wie es steht, ob er wieder gesund wird oder ob er sterben muss," so hieß es von ihm, und weit und breit kamen die Leute herbei, holten ihn zu den Kranken und gaben ihm so viel Gold, dass er bald ein reicher Mann war. Nun trug es sich zu, dass der König erkrankte. Der Arzt ward berufen und sollte sagen, ob Genesung möglich wäre. Wie er aber zu dem Bette trat, so stand der Tod zu den Füßen des Kranken, und da war für ihn kein Kraut mehr gewachsen. "Wenn ich doch einmal den Tod überlisten könnte," dachte der Arzt, "er wird's freilich übelnehmen, aber da ich sein Pate bin, so drückt er wohl ein Auge zu, ich will's wagen." Er fasste also den Kranken und legte ihn verkehrt, so dass der Tod zu Häupten desselben zu stehen kam. Dann gab er ihm von dem Kraute ein, und der König erholte sich und ward wieder gesund. Der Tod aber kam zu dem Arzte, machte ein böses und finsteres Gesicht, drohte mit dem Finger und sagte: "Du hast mich hinter das Licht geführt, diesmal will ich dir's nachsehen, weil du mein Pate bist, aber wagst du das noch einmal, so geht dir's an den Kragen, und ich nehme dich selbst mit fort."

Bald hernach verfiel die Tochter des Königs in eine schwere Krankheit. Sie war sein einziges Kind, er weinte Tag und Nacht, dass ihm die Augen erblindeten, und ließ bekanntmachen, wer sie vom Tode errette, der sollte ihr Gemahl werden und die Krone erben. Der Arzt, als er zu dem Bette der Kranken kam, erblickte den Tod zu ihren Füßen. Er hätte sich der Warnung seines Paten erinnern sollen, aber die große Schönheit der Königstochter und das Glück, ihr Gemahl zu werden, betörten ihn so, dass er alle Gedanken in den Wind schlug. Er sah nicht, dass der Tod ihm zornige Blicke zuwarf, die Hand in die Höhe hob und mit der dürren Faust drohte; er hob die Kranke auf und legte ihr Haupt dahin, wo die Füße gelegen hatten. Dann gab er ihr das Kraut ein, und alsbald regte sich das Leben von Neuem.

Der Tod, als er sich zum zweiten Mal um sein Eigentum betrogen sah, ging mit langen Schritten auf den Arzt zu und sprach: "Es ist aus mit dir, und die Reihe kommt nun an dich," packte ihn mit seiner eiskalten Hand so hart, dass er nicht widerstehen konnte, und führte ihn in eine unterirdische Höhle. Da sah er, wie tausend und tausend Lichter in unübersehbaren Reihen brannten, einige groß, andere halbgroß, andere klein. Jeden Augenblick verloschen einige, und andere brannten wieder auf, also dass die Flämmchen in beständigem Wechsel zu sein schienen. "Siehst du," sprach der Tod, "das sind die Lebenslichter der Menschen. Die großen gehören Kindern, die halbgroßen Eheleuten in ihren besten Jahren, die kleinen gehören Greisen. Doch auch Kinder und junge Leute haben oft nur ein kleines Lichtchen." - "Zeige mir mein Lebenslicht," sagte der Arzt und meinte, es wäre noch recht groß. Der Tod deutete auf ein kleines Endchen, das eben auszugehen drohte, und sagte: "Siehst du, da ist es." - "Ach, lieber Pate," sagte der erschrockene Arzt, "zündet mir ein neues an, tut mir's zuliebe, damit ich König werde und Gemahl der schönen Königstochter." - "Ich kann nicht," antwortete der Tod, "erst muss eins verlöschen, eh' ein neues anbrennt." - "So setzt das alte auf ein neues, das gleich fortbrennt, wenn jenes zu Ende ist," bat der Arzt. Der Tod stellte sich, als ob er seinen Wunsch erfüllen wollte, langte ein frisches, großes Licht herbei, aber weil er sich rächen wollte, versah er's beim Umstecken absichtlich, und das Stöckchen fiel um und verlosch. Alsbald sank der Arzt zu Boden und war nun selbst in die Hand des Todes geraten.

Ende

Der Okerlo

Eine Königin setzte ihr Kind in einer goldenen Wiege aufs Meer und ließ es fortschwimmen; es ging aber nicht unter, sondern schwamm zu einer Insel, da wohnten lauter Menschenfresser. Wie nun so die Wiege geschwommen kam, stand gerade die Frau des Menschenfressers am Ufer, und als sie das Kind sah, welches ein wunderschönes Mädchen war, beschloss sie, es großzuziehen für ihren Sohn, der sollte es einmal zur Frau haben. Doch hatte sie große Not damit, dass sie es sorgfältig vor ihrem Mann, dem alten Okerlo, versteckte, denn hätte er es zu Gesicht bekommen, so wäre es mit Haut und Haar aufgefressen worden.

Als nun das Mädchen groß geworden war, sollte es mit dem jungen Okerlo verheiratet werden, es mochte ihn aber gar nicht leiden und weinte den ganzen Tag. Wie es so einmal am Ufer saß, da kam ein junger, schöner Prinz geschwommen, der gefiel ihm, und es gefiel ihm auch, und sie versprachen sich miteinander; indem aber kam die alte Menschenfresserin, die wurde gewaltig bös, dass sie den Prinzen bei der Braut ihres Sohnes fand, und kriegte ihn gleich zu packen: "Wart nun, du sollst zu meines Sohnes Hochzeit gebraten werden!"

Der junge Prinz, das Mädchen und die drei Kinder des Okerlo schliefen aber alle in einer Stube zusammen; wie es nun Nacht wurde, kriegte der alte Okerlo Lust nach Menschenfleisch und sagte: "Frau, ich habe nicht Lust, bis zur Hochzeit zu warten, gib mir den Prinzen nur gleich her!" Das Mädchen aber hörte alles durch die Wand, stand geschwind auf, nahm dem einen Kind des Okerlo die goldene Krone ab, die es auf dem Haupte trug, und setzte sie dem Prinzen auf. Die alte Menschenfresserin kam gegangen, und weil es dunkel war, so fühlte sie an den Häuptern, und das, welches keine Krone trug, brachte sie dem Mann, der es augenblicklich aufaß. Indessen wurde dem Mädchen himmelangst, es dachte: "Bricht der Tag an, so kommt alles heraus, und es wird uns schlimm gehen." Da stand es heimlich auf und holte einen Meilenstiefel, eine Wünschelrute und einen Kuchen mit einer Bohne, die auf alles Antwort gab.

Nun ging sie mit dem Prinzen fort, sie hatten den Meilenstiefel an, und mit jedem Schritt machten sie eine Meile. Zuweilen fragten sie die Bohne:

"Bohne, bist du auch da?"

"Ja," sagte die Bohne, "da bin ich, eilt euch aber, denn die alte Menschenfresserin kommt nach im andern Meilenstiefel, der dort geblieben ist!" Da nahm das Mädchen die Wünschelrute und verwandelte sich in einen Schwan, den Prinzen in einen Teich, worauf der Schwan schwimmt. Die Menschenfresserin kam und lockte den Schwan ans Ufer, allein es gelang ihr nicht, und verdrießlich ging sie heim. Das Mädchen und der Prinz setzten ihren Weg fort:

"Bohne, bist du da?"

"Ja," sprach die Bohne, "hier bin ich, aber die alte Frau kommt schon wieder, der Menschenfresser hat ihr gesagt, warum sie sich habe anführen lassen." Da nahm das Mädchen den Stab und verwandelte sich und den Prinzen in eine Staubwolke, wodurch die Frau Okerlo nicht dringen kann, also kehrte sie unverrichteter Sache wieder um, und die andern setzten ihren Weg fort.

"Bohne, bist du da?"

"Ja, hier bin ich, aber ich sehe die Frau Okerlo noch einmal kommen, und gewaltige Schritte macht sie." Das Mädchen nahm zum dritten Mal den Wünschelstab und verwandelte sich in einen Rosenstock und den Prinzen in eine Biene, da kam die alte Menschenfresserin, erkannte sie in dieser Verwandelung nicht und ging wieder heim.

Allein nun konnten die zwei ihre menschliche Gestalt nicht wieder annehmen, weil das Mädchen das letzte Mal in der Angst den Zauberstab zu weit weggeworfen; sie waren aber schon so weit gegangen, dass der Rosenstock in einem Garten stand, der gehörte der Mutter des Mädchens. Die Biene saß auf der Rose, und wer sie abbrechen wollte, den stach sie mit ihrem Stachel. Einmal geschah es, dass die Königin selber in ihren Garten ging und die schöne Blume sah, worüber sie sich so verwunderte, dass sie sie abbrechen wollte. Aber Bienchen kam und stach sie so stark in die Hand, dass sie die Rose musste fahren lassen, doch hatte sie schon ein wenig eingerissen. Da sah sie, dass Blut aus dem Stängel quoll, ließ eine Fee kommen, damit sie die Blume entzauberte. Da erkannte die Königin ihre Tochter wieder und war von Herzen froh und vergnügt. Es wurde aber eine große Hochzeit angestellt, eine Menge Gäste gebeten, die kamen in prächtigen Kleidern, tausend Lichter flimmerten im Saal, und es wurde gespielt und getanzt bis zum hellen Tag.

"Bist du auch auf der Hochzeit gewesen?"
- "Jawohl, bin drauf gewesen:
mein Kopfputz war von Butter, da kam ich
in die Sonne,
und er ist mir abgeschmolzen;
mein Kleid war von Spinnweb, da kam ich
durch Dornen,
die rissen es mir ab;
meine Pantoffel waren von Glas, da trat
ich auf einen Stein,
da sprangen sie entzwei."

Ende

Das alte Mütterchen

Es war in einer großen Stadt ein altes Mütterchen, das saß abends allein in seiner Kammer: es dachte so darüber nach, wie es erst den Mann, dann die beiden Kinder, nach und nach alle Verwandte, endlich auch heute noch den letzten Freund verloren hätte und nun ganz allein und verlassen wäre. Da ward es in tiefstem Herzen traurig, und vor allem schwer war ihm der Verlust der beiden Söhne, dass es in seinem Schmerz Gott darüber anklagte.

So saß es still und in sich versunken, als es auf einmal zur Frühkirche läuten hörte. Es wunderte sich, dass es die ganze Nacht also in Leid durchwacht hätte, zündete seine Leuchte an und ging zur Kirche. Bei seiner Ankunft war sie schon erhellt, aber nicht, wie gewöhnlich, von Kerzen, sondern von einem dämmernden Licht. Sie war auch schon angefüllt mit Menschen, und alle Plätze waren besetzt, und als das Mütterchen zu seinem gewöhnlichen Sitz kam, war er auch nicht mehr ledig, sondern die ganze Bank gedrängt voll. Und wie es die Leute ansah, so waren es lauter verstorbene Verwandten, die saßen da in ihren altmodischen Kleidern, aber mit blassem Angesicht. Sie sprachen auch nicht und sangen nicht, es ging aber ein leises Summen und Wehen durch die Kirche. Da stand eine Muhme auf, trat vor und sprach zu dem Mütterlein: "Dort sieh nach dem Altar, da wirst du deine Söhne sehen." Die Alte blickte hin und sah ihre beiden Kinder, der eine hing am Galgen, der andere war auf das Rad geflochten. Da sprach die Muhme: "Siehst du, so wäre es ihnen ergangen, wären sie im Leben geblieben und hätte sie Gott nicht als un-

schuldige Kinder zu sich genommen."
Die Alte ging zitternd nach Haus und dankte Gott auf den Knien, dass er es besser mit ihr gemacht hätte, als sie hätte begreifen können; und am dritten Tag legte sie sich und starb.

Ende

Der Hund und der Sperling

Ein Schäferhund hatte keinen guten Herrn, sondern einen, der ihn Hunger leiden ließ. Wie er's nicht länger bei ihm aushalten konnte, ging er ganz traurig fort. Auf der Straße begegnete ihm ein Sperling, der sprach: "Bruder Hund, warum bist du so traurig?" Antwortete der Hund: "Ich bin hungrig und habe nichts zu fressen." Da sprach der Sperling: "Lieber Bruder, komm mit in die Stadt, so will ich dich satt machen." Also gingen sie zusammen in die Stadt, und als sie vor einen Fleischerladen kamen, sprach der Sperling zum Hunde: "Da bleib stehen, ich will dir ein Stück Fleisch herunterpicken," setzte sich auf den Laden, schaute sich um, ob ihn auch niemand bemerkte, und pickte, zog und zerrte so lang an einem Stück, das am Rande lag, bis es herunterrutschte. Da packte es der Hund, lief in eine Ecke und fraß es auf. Sprach der Sperling: "Nun komm mit zu einem andern Laden, da will ich dir noch ein Stück herunterholen, damit du satt wirst." Als der Hund auch das zweite Stück gefressen hatte, fragte der Sperling: "Bruder Hund, bist du nun satt?" - "Ja, Fleisch bin ich satt," antwortete er, "aber ich habe noch kein Brot gekriegt." Sprach der Sperling: "Das sollst du auch haben, komm nur mit." Da führte er ihn an einen Bäckerladen und pickte an ein paar Brötchen, bis sie herunterrollten, und als der Hund noch mehr wollte, führte er ihn zu einem andern und holte ihm noch einmal Brot herab. Wie das verzehrt war, sprach der Sperling: "Bruder Hund, bist du nun satt?" - "Ja," antwortete er, "nun wollen wir ein bisschen vor die Stadt gehen."

Da gingen sie beide hinaus auf die Landstraße. Es war aber warmes Wetter, und als sie ein Eckchen gegangen waren, sprach der Hund: "Ich bin müde und möchte gerne schlafen." - "Ja, schlaf nur," antwortete der Sperling, "ich will mich derweil auf einen Zweig setzen." Der Hund legte sich also auf die Straße und schlief fest ein. Während er dalag und schlief, kam ein Fuhrmann herangefahren, der hatte einen Wagen mit drei Pferden und hatte zwei Fässer Wein geladen. Der Sperling aber sah, dass er nicht ausbiegen wollte, sondern in dem Fahrgleise blieb, in welchem der Hund lag. Da rief er: "Fuhrmann, tu's nicht, oder ich mache dich arm!" Der Fuhrmann aber brummte vor sich: "Du wirst mich nicht arm machen," knallte mit der Peitsche und trieb den Wagen über den Hund, dass ihn die Räder totfuhren. Da rief der Sperling: "Du hast mir meinen Bruder Hund totgefahren, das soll dich Karre und Gaul kosten." - "Ja,

Karre und Gaul," sagte der Fuhrmann, "was könntest du mir schaden!" und fuhr weiter. Da kroch der Sperling unter das Wagentuch und pickte an dem einen Spundloch so lange, bis er den Spund losbrachte: da lief der ganze Wein heraus, ohne dass es der Fuhrmann merkte. Und als er einmal hinter sich blickte, sah er, dass der Wagen tröpfelte, untersuchte die Fässer und fand, dass eins leer war. "Ach, ich armer Mann!" rief er. "Noch nicht arm genug," sprach der Sperling und flog dem einen Pferd auf den Kopf und pickte ihm die Augen aus. Als der Fuhrmann das sah, zog er seine Hacke heraus und wollte den Sperling treffen, aber der Sperling flog in die Höhe, und der Fuhrmann traf seinen Gaul auf den Kopf, dass er tot hinfiel. "Ach, ich armer Mann!" rief er. "Noch nicht arm genug," sprach der Sperling, und als der Fuhrmann mit den zwei Pferden weiterfuhr, kroch der Sperling wieder unter das Tuch und pickte den

Spund auch am zweiten Fass los, dass aller Wein herausschwankte. Als es der Fuhrmann gewahr wurde, rief er wieder: "Ach, ich armer Mann!" Aber der Sperling antwortete: "Noch nicht arm genug," setzte sich dem zweiten Pferd auf den Kopf und pickte ihm die Augen aus. Der Fuhrmann lief herbei und holte mit seiner Hacke aus, aber der Sperling flog in die Höhe, da traf der Schlag das Pferd, dass es hinfiel. "Ach, ich armer Mann!" - "Noch nicht arm genug," sprach der Sperling, setzte sich auch dem dritten Pferd auf den Kopf und pickte ihm nach den Augen. Der Fuhrmann schlug in seinem Zorn, ohne umzusehen, auf den Sperling los, traf ihn aber nicht, sondern schlug auch sein drittes Pferd tot. "Ach, ich armer Mann!" rief er. "Noch nicht arm genug," antwortete der Sperling, "jetzt will ich dich daheim arm machen," und flog fort.

Der Fuhrmann musste den Wagen stehenlassen und ging voll Zorn und Ärger heim. "Ach!" sprach er zu seiner Frau, "was hab ich Unglück gehabt! Der Wein ist ausgelaufen, und die Pferde sind alle drei tot." - "Ach, Mann," antwortete sie, "was für ein böser Vogel ist ins Haus gekommen! Er hat alle Vögel auf der Welt zusammengebracht, und die sind droben über unsern Weizen hergefallen und fressen ihn auf." Da stieg er hinauf, und tausend und tausend Vögel saßen auf dem Boden und hatten den Weizen aufgefressen, und der Sperling saß mitten darunter. Da rief der Fuhrmann: "Ach, ich armer Mann!" - "Noch nicht arm genug," antwortete der Sperling. "Fuhrmann, es kostet dir noch dein Leben," und flog hinaus.

Da hatte der Fuhrmann all sein Gut verloren, ging hinab in die Stube, setzte sich hinter den Ofen, ganz bös und giftig. Der Sperling aber saß draußen vor dem Fenster und rief: "Fuhrmann, es kostet dir dein Leben!" Da griff der Fuhrmann die Hacke und warf sie nach dem Sperling, aber er schlug nur die Fensterscheiben entzwei und traf den Vogel nicht. Der Sperling hüpfte nun herein, setzte sich auf den Ofen und rief: "Fuhrmann, es kostet dir dein Leben!" Dieser, ganz toll und blind vor Wut, schlägt den Ofen entzwei und so fort, wie der Sperling von einem Ort zum andern fliegt, sein ganzes Hausgerät, Spieglein, Bänke, Tisch und zuletzt die Wände seines Hauses, und kann ihn nicht treffen. Endlich aber erwischte er ihn doch mit der Hand. Da sprach seine Frau: "Soll ich ihn totschlagen?" - "Nein," rief er, "das wäre zu gelind, der soll viel mörderlicher sterben, ich will ihn verschlingen," und nimmt ihn und verschlingt ihn auf einmal. Der Sperling aber fängt an, in seinem Leibe zu flattern, flattert wieder herauf, dem Mann in den Mund. Da steckte er den Kopf heraus und ruft:

"Fuhrmann, es kostet dir doch dein Leben!" Der Fuhrmann reicht seiner Frau die Hacke und spricht: "Frau, schlag mir den Vogel im Munde tot!" Die Frau schlägt zu, schlägt aber fehl und schlägt dem Fuhrmann gerade auf den Kopf, so dass er tot hinfällt. Der Sperling aber fliegt auf und davon.

Ende

Die drei Schlangenblätter

Es war einmal ein armer Mann, der konnte seinen einzigen Sohn nicht mehr ernähren. Da sprach der Sohn: "Lieber Vater, es geht Euch so kümmerlich, ich falle Euch zur Last, lieber will ich selbst fortgehen und sehen, wie ich mein Brot verdiene." Da gab ihm der Vater seinen Segen und nahm mit großer Trauer von ihm Abschied. Zu dieser Zeit führte der König eines mächtigen Reichs Krieg, der Jüngling nahm Dienste bei ihm und zog mit ins Feld. Und als er vor den Feind kam, so ward eine Schlacht geliefert, und es war große Gefahr und regnete blaue Bohnen, dass seine Kameraden von allen Seiten niederfielen. Und als auch der Anführer blieb, so wollten die übrigen die Flucht ergreifen, aber der Jüngling trat heraus, sprach ihnen Mut zu und rief: "Wir wollen unser Vaterland nicht zugrunde gehen lassen." Da folgten ihm die andern, und er drang ein und schlug den Feind. Der König, als er hörte, dass er ihm allein den Sieg zu danken habe, erhob ihn über alle andern, gab ihm große Schätze und machte ihn zum Ersten in seinem Reich.

Der König hatte eine Tochter, die war sehr schön, aber sie war auch sehr wunderlich. Sie hatte das Gelübde getan, keinen zum Herrn und Gemahl zu nehmen, der nicht verspräche, wenn sie zuerst stürbe, sich lebendig mit ihr begraben zu lassen. "Hat er mich von Herzen lieb," sagte sie, "wozu dient ihm dann noch das Leben?" Dagegen wollte sie ein Gleiches tun, und wenn er zuerst stürbe, mit ihm in das Grab steigen. Dieses seltsame Gelübde hatte bis jetzt alle Freier abgeschreckt, aber der Jüngling wurde von ihrer Schönheit so eingenommen, dass er auf nichts achtete, sondern bei ihrem Vater um sie anhielt. "Weißt du auch," sprach der König, "was du versprechen musst?" "Ich muss mit ihr in das Grab gehen," antwortete er, "wenn ich sie überlebe, aber meine Liebe ist so groß, dass ich der Gefahr nicht achte." Da willigte der König ein, und die Hochzeit ward mit großer Pracht gefeiert.

Nun lebten sie eine Zeitlang glücklich und vergnügt miteinander, da geschah es, dass die junge Königin in eine schwere Krankheit fiel, und kein Arzt konnte ihr helfen. Und als sie tot dalag, da erinnerte sich der junge König, was er hatte versprechen müssen, und es grauste ihm davor, sich lebendig in das Grab zu legen, aber es war kein Ausweg: der König hatte alle Tore mit Wachen besetzen lassen, und es war nicht möglich, dem Schicksal zu entgehen. Als der Tag kam, wo die Leiche in das königliche Gewölbe beigesetzt wurde, da ward er mit hinabgeführt, und dann das Tor verriegelt und verschlossen.

Neben dem Sarg stand ein Tisch, darauf vier Lichter, vier Laibe Brot und vier Flaschen Wein. Sobald dieser Vorrat zu Ende ging, musste er verschmachten. Nun saß er da voll Schmerz und Trauer, aß jeden Tag nur ein Bisslein Brot, trank nur einen Schluck Wein, und sah doch, wie der Tod immer näher rückte. Indem er so vor sich hinstarrte, sah er aus der Ecke des Gewölbes eine Schlange hervorkriechen, die sich der Leiche näherte. Und weil er dachte, sie käme, um daran zu nagen, zog er sein Schwert und sprach: "Solange ich lebe, sollst du sie nicht anrühren," und hieb sie in drei Stücke. Über ein Weilchen kroch eine zweite Schlange aus der Ecke hervor, als sie aber die andere tot und zerstückt liegen sah, ging sie zurück, kam bald wieder und hatte drei grüne Blätter im Munde. Dann nahm sie die drei Stücke von der Schlange, legte sie, wie sie zusammengehörten, und tat auf jede Wunde eins von den Blättern. Alsbald fügte sich das Getrennte aneinander, die Schlange regte sich und ward wieder lebendig, und beide eilten miteinander fort. Die Blätter blieben auf der Erde liegen, und dem Unglücklichen, der alles mit angesehen hatte, kam es in die Gedanken, ob nicht die wunderbare Kraft der Blätter, welche die Schlange wieder lebendig gemacht hatte, auch einem Menschen helfen könnte. Er hob also die Blätter auf und legte eins davon auf den Mund der Toten, die beiden andern auf ihre Augen. Und kaum war es geschehen, so bewegte sich das Blut in den Adern, stieg in das bleiche Angesicht und rötete es wieder. Da zog sie Atem, schlug die Augen auf und sprach: "Ach, Gott, wo bin ich?" "Du bist bei mir, liebe Frau," antwortete er, und erzählte ihr, wie alles gekommen war und er sie wieder ins Leben erweckt hatte. Dann reichte er ihr etwas Wein und Brot, und als sie wieder zu Kräften gekommen war, erhob sie sich, und sie gingen zu der Türe, und klopften und riefen so laut, dass es die Wachen hörten und dem König meldeten. Der König kam selbst herab und öffnete die Türe, da fand er beide frisch und gesund und freute sich mit ihnen, dass nun alle Not überstanden war. Die drei Schlangenblätter aber nahm der junge König mit, gab sie einem Diener und sprach: "Verwahr sie mir sorgfältig, und trag sie zu jeder Zeit bei dir, wer weiß, in welcher Not sie uns noch helfen können."

Es war aber in der Frau, nachdem sie wieder ins Leben war erweckt worden, eine Veränderung vorgegangen: es war, als ob alle Liebe zu ihrem Manne aus ihrem Herzen gewichen wäre. Als er nach einiger Zeit eine Fahrt zu seinem alten Vater über das Meer machen wollte, und sie auf ein Schiff gestiegen waren, so vergaß sie die große Liebe und Treue, die er ihr bewiesen, und womit er sie vom Tode gerettet hatte, und fasste eine böse Neigung zu dem Schiffer. Und als der junge König einmal dalag und schlief, rief sie den Schiffer herbei, und fasste den Schlafenden am Kopfe, und der Schiffer musste ihn an den Füßen fassen, und so warfen sie ihn hinab ins Meer. Als die Schandtat vollbracht war, sprach sie zu ihm: "Nun lass uns heimkehren und sagen, er sei unterwegs gestorben. Ich will dich schon bei meinem Vater so herausstreichen und rühmen, dass er mich mit dir vermählt und dich zum Erben seiner Krone einsetzt." Aber der treue Diener, der alles mit angesehen hatte, machte unbemerkt ein kleines Schifflein von dem großen los, setzte sich hinein, schiffte seinem Herrn nach, und ließ die Verräter fortfahren. Er fischte den Toten wieder auf, und mit Hilfe der drei Schlangenblätter, die er bei sich trug und auf die

Augen und den Mund legte, brachte er ihn glücklich wieder ins Leben.

Sie ruderten beide aus allen Kräften Tag und Nacht, und ihr kleines Schiff flog so schnell dahin, dass sie früher als das andere bei dem alten König anlangten. Er verwunderte sich, als er sie allein kommen sah, und fragte, was ihnen begegnet wäre. Als er die Bosheit seiner Tochter vernahm, sprach er: "Ich kanns nicht glauben, dass sie so schlecht gehandelt hat, aber die Wahrheit wird bald an den Tag kommen," und hieß beide in eine verborgene Kammer gehen und sich vor jedermann heimlich halten. Bald hernach kam das große Schiff herangefahren, und die gottlose Frau erschien vor ihrem Vater mit einer betrübten Miene. Er sprach: "Warum kehrst du allein zurück? Wo ist dein Mann?" "Ach, lieber Vater," antwortete sie, "ich komme in großer Trauer wieder heim, mein Mann ist während der Fahrt plötzlich erkrankt und gestorben, und wenn der gute Schiffer mir nicht Beistand geleistet hätte, so wäre es mir schlimm ergangen; er ist bei seinem Tode zugegen gewesen und kann Euch alles erzählen." Der König sprach: "Ich will den Toten wieder lebendig machen," und öffnete die Kammer, und hieß die beiden herausgehen. Die Frau, als sie ihren Mann erblickte, war wie vom Donner gerührt, sank auf die Knie und bat um Gnade. Der König sprach "da ist keine Gnade, er war bereit, mit dir zu sterben, und hat dir dein Leben wiedergegeben, du aber hast ihn im Schlaf umgebracht, und sollst deinen verdienten Lohn empfangen." Da ward sie mit ihrem Helfershelfer in ein durchlöchertes Schiff gesetzt und hinaus ins Meer getrieben, wo sie bald in den Wellen versanken.

Ende

Das eigensinnige Kind

Es war einmal ein Kind eigensinnig und tat nicht, was seine Mutter haben wollte. Darum hatte der liebe Gott kein Wohlgefallen an ihm und ließ es krank werden, und kein Arzt konnte ihm helfen, und in Kurzem lag es auf dem Totenbettchen.

Als es nun ins Grab versenkt und die Erde über es hingedeckt war, so kam auf einmal sein Ärmchen wieder hervor und reichte in die Höhe, und wenn sie es hineinlegten und frische Erde darüber taten, so half das nicht, und das Ärmchen kam immer wieder heraus.

Da musste die Mutter selbst zum Grabe gehen und mit der Rute aufs Ärmchen schlagen, und wie sie das getan hatte, zog es sich hinein, und das Kind hatte nun erst Ruhe unter der Erde.

Ende

Auch von Lotus-Press

Wang Ning

HAI - Das Meer: Geschichte eines Schriftzeichens

Chinesische Schriftzeichen unterscheiden sich deutlich von unseren Buchstaben und Wörtern. Sie sind kunstvoller, ja lebendiger und beinhalten viele verschiedene Ebenen. Ein einziges Schriftzeichen kann eine einfache Information enthalten, aber auch Bilder, Vergleiche, ja ganze Geschichten ausdrücken. Somit sind sie Poesie, Nahrung für die Sinne und den Intellekt, Stille und Meditation.

Das Meer -HAI- ist die Mutter allen Wassers und stellt damit auch unser eigenes innewohnendes Potenzial dar. Erinnern Sie sich wieder daran und genießen Sie die Schönheit der Worte und der chinesischen Schriftzeichen. Der Kalligraph Wang Ning entführt Sie in diesem Buch mit seinen Kalligraphien, Worten und Schriftzeichen rund um das Meer für einen bezaubernden Moment in eine andere Welt. Die Geschichte eines Schriftzeichens.

Hilmar Hajek (Komponist), Wang Ning (Sprecher)

Auf dem Melonenfeld unter dem Pflaumenbaum: 12 chinesische Weisheitsgeschichten

Wang Ning erzählt 12 kleine Geschichten aus seinem Heimatland. Genießen Sie die dahinter verborgenen alltäglichen Lebensweisheiten. Untermalt werden diese Geschichten mit einer eigens hierfür komponierten wunderbaren Musik von Hilmar Hajek. Lassen Sie sich für einige Augenblicke in eine andere Welt entführen...

Gesamtspieldauer 70.41 min